우물의 눈동자

우물의 눈동자

2004년 2월 25일 1판 1쇄 인쇄 / 2004년 2월 29일 1판 1쇄 발행

지은이 김수복 / 펴낸이 임은주
펴낸곳 도서출판 청동거울 / 출판등록 1998년 5월 14일 제13-532호
주소 (137-070) 서울 서초구 서초동 1359-4 동영빌딩 내 / 전화 584-9886~7
팩스 584-9882 / 전자우편 cheong21@freechal.com

주간 조태림 / 편집 곽현주 / 본문디자인 하은애 / 영업관리 김형열

값 5,500원

ISBN 89-5749-013-2

이 시집은 2003학년도 단국대학교 대학연구비 지원에 의해 간행되었음.

우물의 눈동자

김수복 시집

청동거울

이 시집을 하느님의 곁으로 가 계신
나의 장모 허필례 가밀라께 바친다.

　'지금―여기에 있는 나는 누구인가' 라는 질문은 지난 한 해 동안 나를 끈질기게 따라다녔다. 오래된 도시의 골목을 돌아다 니면서도 그랬고, 저녁 바다에 온몸을 던지는 눈발을 바라보면 서도, 빈 우물의 동공에 별똥별이 떨어져 우물의 눈동자가 되 어 하늘 속 제 모습을 바라보는 고대 도시 유적에서도 계속 그 랬다. 파르테논 신전의 오래된 몸에 불빛이 드는 '풍경'이 바라 보이는 아테네의 낡은 호텔 옥탑방 구석에서도, 젖이 불어터지 도록 서 있는 미코노스 섬 언덕 종려나무를 보면서도, 푸른 눈 의 돌들이 밤하늘을 바라보는 사모스의 피타골리오 해변에서 도, 섬을 낳는 여인이 있는 딜로스의 달걀호수에서도 그랬다.

　그러나, 이제 나는 '지금―여기'에서 한없이 자유롭다. '나'는 '지금―여기'에 존재하는 몸으로서의 삶의 기억이나 추 억의 존재가 아니라, '지금―여기'에 내재하는 우주적인 몸으 로서의 본질적 존재로서의 '나'이기 때문에, 나로부터 해방되 었다.

　이 시들은, 이러한 '나'의 자유와 해방의 우주적 상상력에 의한 사물과 존재의 본질에 대한 탐험의 영상들이다.
　마음의 中天에 떠 있는 달의 눈으로 '지금―여기'를 바라본 다.

차례

제4부

1

寺院

내 몸에는
寺院이 있다

막 어둠이 걷히는
몸속
오랫동안
비워있던
寺院이 있다

오래 된 문을
밀고 들어서면
낡은 문 앞에 누워있던
길, 일어서는 소리,

무거운 짐
땅 위에 내려놓고
다시 새순의 등불
가슴에 켜드는 나무들,

오랜 잠에서 깨어나
다시 나는
새들,

내 몸에서
다시 울리는
새벽 종소리의
寺院이 있다

저녁 종소리

저녁이 되면
사원의 입구에서
바람이 불고
나뭇잎 지고

긴
회랑을 돌아 나오는
사람들
저녁 종이 되어 울리는
저녁 종소리

하늘 끝까지
땅 끝까지 가서 울리다가

긴 회랑
저녁 식탁에
둘러앉는
저녁 종소리

寺院의 아침

몸의 창에 햇살이 비친다
말씀이 사람이 되어 오셨다는,
새순이 돋아나서
늙은 나무를 부활시키듯이

말씀이 사람이 되어
꽃을 피우고
어둠의 몸에 새 살이 돋는
사원의 아침

몸의 새벽

사원으로 가는 길에는 몸속, 천둥 번개가 치고 바람이 몹시 불고, 낮게 내려온 하늘 한차례 소나기가 퍼부을 얼굴을 하고 있다 비는 오지 않고 여기저기 벼락이 떨어져 마른 풀에 불이 붙었다 순식간 들불 사이에 포위된 몸, 작은 시내를 건너 불이 휩쓸고 간 어둠의 불길을 걸어 나간다 불길보다 몸을 한층 높여 발밑의 화염이 널려있는 길을 통과했을 때 몸에는 새벽빛이 빛났다

雪人

　　산꼭대기 절벽 위 세워진 사원을 지나 사람의 눈에
는 보이지 않는다는 雪人을 찾아 갔습니다 산마루 허
공을 배경으로 서 있는 산 같은 사람 보였지만,

　　구름처럼,
　　백수처럼,
　　바람의 얼굴처럼,

　　산정까지 다가가 보았으나 아무 흔적도 없이 사라
졌습니다 해가 질 때까지 찾아보았으나 몸속에는 허
공뿐이었습니다

사람의 숲

"식탁에는 일상적인 대화가 오고갔다. 식탁 맞은편
에 네 명이 앉아있었다. 그중 한명은 이 지상에서 천
년 이상을 살았다. 그 옆에는 그의 5대 손이 앉아있었
다. 그 옆에는 5백년을 산 마흔 다섯 살 정도의 사람
이 육체와 정신을 옮겨 다니며 앉아있었다" *

아버지와 아버지의 아버지와 아버지의 아버지의 아
버지와, 아들과 아들의 아들과 아들의 아들의 아들이
저녁식탁에 마주앉아 있는 사람의 숲을 보았습니다

*베어드 T.스폴딩, 정창영 옮김, 『초인생활』(정신세계사, 1992)에서.

나귀

　　좁은 골목 오래 된 몸들 비집고 편안하게 서로 마주
서 있는 집들 사이로 저녁 노을에 비친 창 너머 언덕
길을 나귀 한 마리 하루 일과를 마치고 짐을 지고 올
라갑니다

　　언덕에 기대어 寺院은 촛불 켜들고 올라오는 나귀
한 마리 기다리고 있었습니다

침묵의 寺院

　사원의 서쪽으로 가면 침묵의 사원이 있습니다 흰 대리석으로 세워진 사원, 부서져도 스스로 몸을 일으켜 치유하는 사원이 있습니다 세상의 모든 나무와 꽃들, 바람들이 들어왔다가 완전한 나무와 꽃들과 바람들로 완성되는 침묵의 사원이 있습니다 내 안의 나를 버리고 폭풍속에서도 나를 완전하게 하는 침묵이 있습니다 문을 열지 않아도 문이 열리고 천리 밖에서 제 몸을 씻는 강물소리도 되고 몸속을 빠져나가는 西風이 부는 침묵의 사원이 있습니다

폐허

사원이 폐허가 되자 사원 밖에 공장이 들어섰습니다 사람 공장, 사람을 만들어 사람을 파는 공장이 사원의 밖에 늘어갔습니다 사람들은 제 몸속에 공장을 세워 무덤을 만드는 공장지대가 되었습니다

2

비단 달팽이

　파르테논 신전의 오래 된 뼈들만 서 있는 몸 언덕
아래 미트로폴레우스 대성당 옆 기몬 호텔 옥탑방에
며칠 머물렀습니다 새벽빛이 희미하게 비집고 들어오
는 창문 낡은 비단 커턴에 비단 달팽이 한 마리 먼저
와 살고 있었습니다

　빛바랜 비단을 온몸에 두른 희랍인 여인, 온 몸을
숨기고 희미한 햇살로 몸을 밝히는 파르테논 신전을
바라보고 있었습니다 밤새도록 비단천에 흔들리면서
도 온몸을 부여잡고 꽉 매달려 바라보고 있었습니다

　미트로폴레우스 대성당에 들어가 촛불을 켜고 어머
니의 오래 된 몸에도 햇살을 비추어 달라는 기도를 드
리고, 오래된 골목과 오래된 사람들 사이로 나 있는
길들을 돌고 돌다가, 옥탑방 비단 달팽이 소식이 궁금
하여 아주 늦은 오후 맥주 몇 병과 빵과 과일을 사들
고 뛰어올라갔습니다만,

아, 비단 달팽이는 사라지고, 빈 비단 커튼의 빈 집
한 채만 저녁 바람에 흔들리고 있었습니다 창문 밖에
는 파르테논 신전의 몸속에서 저녁 불빛이 서서히 밝
혀지기 시작했습니다

그날 저녁 늦게까지 빈 비단 커튼을 바라보며 식은
맥주를 오래도록 마셨습니다

항아리

크레타 섬의 말리아 유적에는 아직도 허리가 가슴의 두 배가 넘는 여인이 올리브 숲 속에 앉아 있습니다 오래 된 몸속으로 천년의 천년 햇살이 드나들며 살고 있나봅니다 허리에는 달이 빠져나간 자국이 있고 바람이 살다간 가슴을 갖고 있습니다 저녁이 되면 노을이 내리는 오래된 몸을 들여다보며 몸속의 하늘만 지켜보고 살았나봅니다

빈 의자

에게 해 미코노스 섬 파도 소리 가까이 다가오는 해
변 오래된 숲 속 낡은 의자 하나 있습니다 사람들도
그 옆에 서 있다가 돌아가고, 새들도 앉지 못하고 서
서 짝이 되어 노래를 불러주고 돌아가는 저녁,

밤 파도 잦아지면, 한없이 서서 기다리던 계수나무
한 그루 앉았다가 돌아가곤 합니다 아주 옛날 제 젊은
날들을 생각하다가 돌아가나 봅니다

눈이 푸른 돌

에게 해 동쪽 섬 사모스 피타골리오 낡은 성벽 너머
해변에 드러누워 있던 눈이 푸른 돌들 주워왔습니다

잠이 오지 않는 밤, 잠은 바다 밖 멀리 달아나버리
고 내 몸은 돌들의 푸른 눈이 반짝이는 해변이 됩니다

만삭의 종려나무

　미코노스 섬 항구를 돌아 나오면 레토 호텔 담장 너머 종려나무 한 그루 오래도록 서 있습니다 바람이 불어도 흔들리지 않고 먼 파도 소리에 귀 기울이고 가까이 있어도 다가갈 수 없는 섬 하나 가슴에 품고 해가 저물도록 서 있습니다 섬이 떠오를 때까지 만삭의 몸을 참고 기다리는 여인 하나 있습니다 교회 종소리가 들리고 보름달 떠오를 때까지 종려나무 한 그루 오래도록 배가 부른 채 서 있습니다 몸속 둥근 섬 하나 낳을 때까지

달걀 호수

딜로스 섬 가슴속 거친 바람 부는 달걀 호수에는 종
려나무 한 그루 오래도록 우뚝 서 있습니다 한 남자를
사랑한 죄로 아이를 낳을 곳 없는 만삭의 여인 하나
서 있습니다 깊은 바다 속 천 년 동안 가라앉았던 섬
이 떠올라 만든 달걀 호수 속 종려나무에 몸을 붙들고
만삭의 여인, 드디어 몸속의 섬을 낳았습니다

우물의 눈동자

　폐허의 언덕 위 도시 뒷골목 집들 헐어진 담벽 사이로 빈 동공의 우물이 있었습니다 무화과나무 몇 그루세 들어 살고 있는 빈 우물 속 저녁이면 별똥별은 떨어져 내려와 우물의 눈동자가 되었습니다

　오래도록 하늘 속 제 모습을 들여다볼 수 있는 우물의 눈동자가 되었습니다

갈대들의 저녁

사모스 섬 항구 왼편 가슴께 있는 피타고라스 호텔 발코니 아래에는 갈대들이 몰려 사는 작은 마을이 있습니다 갈대들은 바람이 불면 서로에게 서로의 어깨를 내주고 서로의 몸까지 내주고 춤을 추고 소리도 낼 수 없는 기쁨에 젖어 몸을 흔들고 제 몸의 파도를 멀리 저물어 들어오는 저녁 파도에까지 내보냈다가 새벽 늦게서야 돌아왔습니다 그런 날이면 초승달도 늦게 떠올랐습니다

항구를 빠져나가는 배들

피타골리오 옛날 도시의 뒷골목, 붉은 몸으로 빠져
나가는 달을 한참 동안 바라보았습니다 잠을 청해도
몸 밖으로 길은 젖은 몸으로 자꾸 빠져 달아났습니다

새벽이 되어도 몸의 계단을 오르내리는 몸속의 파
도,

거친 몸을 식히며 항구를 소리없이 빠져나가는
배들,

사랑한다 사랑한다 사랑한다는 말이 잊혀질 때까지
파도는 가라앉지 않았습니다

새우 이야기

몇 년 전 지진이 났던 알로바 해변 식당 저녁 석양이 식탁을 점령해 오자 150 키로 거구의 투르크 남자가 새우 슈블야키를 들고 햇빛이 물러가는 다른 자리로 옮겨 갔습니다 그가 기다리던 검은 차도르를 두른 여인이 나타났기 때문입니다

그날 밤 꿈에 소변이 넘쳐서 한바탕 해일이 일어 화장실을 찾아가는 언덕 너머 진흙비가 쏟아졌다 발자국에 고인 물구덩이에 새우 네 마리가 쌍을 이루어 움직이지 않았다 웬 진흙 새우인가 해서 발로 찼더니 움찔하며 돌아누웠는데 각자의 배에 한글자씩 '生死和通'이라 새겨진 글자를 보여주고는 공자님의 말씀이라 하고는,

다시 돌아누워 '靜中動'으로 들어갔다

3

황홀한 식사

에페소스 요한 성당의 빈 몸속 오래된, 빈터만 남은
요한 무덤 옆 뜨거운 대낮, 갈증이 이는 길바닥을 몸
으로 받들고 있는 거북 한 마리 보았습니다

박물관을 돌아 나와서 다시는 달이 떠오르지 않는
아르테미스 신전 빈터 오래도록 서 있다가, 돌아와서
민박 집 옥상에 올라서니 이틀째 먹지 못한 밥그릇보
다 먼저 떠오르는 초승달 바라보았습니다

달이 뜰 때

저녁 하늘이 한없이 가까와 보이는 에페소스 민박
집 옥상에서 저녁 붉게 물던 새들 날아가고, 사람들
가슴에도 등불이 켜지고 오래 동안 젖이 불은 몸으로
달이 떠오를 때까지 마을 앞에 서서 기다리고 있는 나
무들을 바라보았습니다

누군가 말했다

어딘가에 섬은 다시 떠오를 것이라고 등대에 불이
켜지자 누군가 말했다
새가 된 사람들은 모두 저녁 숲으로 돌아갔다

등대에

한번 넘어진 코린토식 기둥은 다시 일어나지 않았
다 얼굴이 닳아버린 사람들의 기둥, 저녁이 되자 비둘
기 집이 되었다 낡은 의자에 늙은 부부가 앉았다가 돌
아갔다 해 지는 성벽, 黑海 어두워지는 가슴 속 등대
에 불이 켜지기 시작했다

구름

    저 구름은, 그리운 물푸레나무 머리 위에 앉았다가
도 다시 햇살이 되어 해바라기 눈속에 들어가 해바라
기가 되었다가 다시 해일이 되어 먼 섬 하나 들어올렸
다가도 그리운 사람 마음 속 무지개 되었다가, 굽이치
다가, 서러운 강물 위에 누웠다가, 퍼지게 누웠다가,
몸속과 몸밖을 드나들며 한 세월 살다가 흘러가는 사
람

中天

사마리아 여인의 몸에서
달이 빠져나가
떠 있는,
마음의 허리
텅 비어 차 있는,
中天

저녁 바다

자꾸자꾸 슬퍼지는 이유도 모르는, 슬픔의 얼굴이
도란도란 마주 앉아있는, 가도 가도 마음이 풀어지지
않는 물길이 휘돌아 긴 상처를 빠져나가지 못하는 바
람 부는 언덕에 나부끼는 오래된, 섬의 가슴이 숨쉬
는, 몰래 그대 몸속으로 숨어들고 싶은, 불을 켜드는
저녁바다,

새

사람들 가슴 속에서 새들이 날아갔다 새들이 날아
간 자리, 상처가 아직 아물지 않은 채로 나무들은 몸
속이 텅 비어갔다 앞을 가로막는 눈발이 거칠게 지나
갔다

단풍

"너무 물들었니,
한 사람을 온통 적시는,

아직 나는 숯이 될 수 없는 몸, 달아오른 얼굴 하나
감출 수 없는, 숯이 되어 한 사람을 오래도록 사랑할
수 없는, 붉은 그림자의 몸

緣

마을 어귀에 늙은 느티나무 사내 하나 가슴 시리도
록 외로웠는데 초승달 중천 너머 가는 꿈결에 아름다
운 여인과 살을 맞대고 시린 가슴을 다 녹이다가,

여인이 달아날까 두려워서, 비단 흰 속살 달빛 서린
여인의 몸에 자신의 온몸을 실로 만들어 그 비단 몸에
다 감아 두었더랬습니다

아침 햇살에 깨어 보니 온몸은 달빛이 흥건하였는
데,

가슴은 텅 비어있고,
제 몸은 실에 칭칭 감겨 있었더랬습니다

4

꽃잎
― 사랑의 법칙 · 1

하나하나의 꽃잎이 피어나오는 데는 사랑의 법칙이
있습니다 꽃봉오리 속에서 꽃잎은 스스로의 빛과 향
기에 맞는 하늘을 완성시켜서 새벽 햇살에 온몸을 맡
기고 세상 속으로 걸어나갑니다

씨앗
— 사랑의 법칙 · 2

씨앗은 그의 마음 속에 거대한 이상을 품고 있었습니다 햇볕을 받고, 사랑을 받고, 하늘의 마음까지 가슴 속 깊이 담아 두었습니다 그래서 거대한 이상의 그림자를 드리울 수 있는 나무가 되었습니다 하늘에 올라가 하늘의 가슴에 꽃을 피우는 나무가 되었습니다

원
― 사랑의 법칙 · 3

뒷산 저녁 연못가에 올라가 물속으로 돌을 던졌습니다 물결은 원을 만들며 몸을 넓혀갑니다 둥근 몸은 연못가 가장자리에까지 갔다가, 다시 온 힘을 다해, 바닥까지 내려간 돌이 떨어진 자리로 다시 돌아와, 숨을 멎었습니다

떡갈나무 숲
— 사랑의 법칙 · 4

작은 도토리 하나가 떨어져 굴러와 저녁 길 가슴에
멈춰 섰습니다 도토리 속에는 떡갈나무 숲이 잠들어
있었습니다

和音
― 사랑의 법칙 · 5

　고대 도시 에페소스 원형극장 계단을 한 계단 한 계단 걸어 올라가면서 아래 계단이 위 계단을 떠받들고 있는 것을 보았습니다 지나온 계단들은 다음 사람들이 밟고 올라올 수 있도록 온힘을 다해 윗계단을 받들었습니다 과거의 계단은 과거대로 남아 있습니다 정상에 오른 계단들은 숨을 멈추고 팔을 벌리고 영감을 받으며 빛은 하늘에서 오는 것이 아니라 내 몸 안에서 비쳐 오는 것이라고 말했습니다

城
— 사랑의 법칙 · 6

보스포러스 해협을 거슬러 올라가 낡은 집들이 몸을 비우고 서 있는 골목 골목을 지나서 오래된 몸으로 석양을 받고 서 있는 城門 안으로 들어서서, 붉게 물든 흑해를 바라보며 "내가 너희를 신이라 하였다"는 말씀을 한없이 바라보고 서 있었습니다

그러자 낡은 城은 몸속에서 광채를 발하는 부활의 몸이 되어갔습니다

우물
— 사랑의 법칙 · 7

야곱은 우물가에다 계수나무를 심어놓고 양들에게 우물 속에 비친 나무 그림자를 보여주며 물을 먹였습니다 그러자 계수나무 새끼양이 태어났습니다 무화과나무는 무화과나무를 낳고 돌같은 마음은 돌의 아들을 낳고 구름 같은 구름은 구름의 아들을 낳고 아버지 같은 아버지는 아버지의 아들을 낳는 우물을 한없이 내려다보고 있습니다

巡禮者
— 사랑의 법칙 · 8

밖으로 나가보니 사원은 빛의 요람이었습니다 순례
자들은 숲이 되어 있었습니다 숲 속의 새들도 숲 속의
순례자가 되고, 메아리도 순례자가 되었습니다 사람
들은 드디어 사원의 요람 속으로 들어가 사라졌습니
다

新生

·

그대를 사랑한다고, 사랑한다고 숲 속에서 소리쳤
습니다 숲 속의 안개가 구름 걷히고 마음 속 돌들이
가라앉고, 바람들도 소리없이 숲을 빠져나가고, 모든
것이 사라진 다음, 다음, 늦게 켜지는 마음의 불빛 밝
히는 사원을 바라보았습니다

고사목
— 사랑의 법칙 · 10

늙은 몸으로 누워있는 산속 등뼈 드러나 있는 산록을 걸어들어가며 햇살이 드나드는 나무들의 오래된 몸속을 바라봅니다 사랑의 오래된 골목을 걸어들어갑니다

5

안테나

아내가 잠든 사이 방을 빠져나와 옥상으로 올라갔
습니다 옥상 위에는 안테나 하나 서 있었습니다 하늘
을 향해 서서 사람이 되어 사람들의 못에 박힌 팔을
벌리고 서 있었습니다

창고

    사람들은 저희 몸속에 창고를 하나씩 갖고 있습니다 저녁 골목길에서 주워온 녹슨 못을 숨겨두기도 하고, 계단을 올라가면 삐걱거리는 소리를 내는, 욕망을 감춰두는, 새벽 산책에서 돌아와 이슬 묻은 신발을 소리없이 갖다 두는, 십자가를 모아 두는, 아무도 몰래 지은 죄도 숨겨 둘 수 있는 오래 된 몸속의 창고 하나씩 갖고 있습니다

몸속의 공장

제 마음 속에 공장을 세워 사람들은 제 몸을 살찌우는 욕망의 무기를 만들기도 하고, 낡은 몸을 폐기시키고 새몸을 만들기도 하고, 향기나는 몸을 만들기도 합니다 사랑과 기쁨이 넘치는 천국 공장도 세웁니다 공장지대에는 하늘로 팔을 휘저으며 올라가는 사람 연기로 가득 찹니다

육체의 영역

몸속에 속박되어 몸밖으로 나갈 수 없습니다 몸속
의 태양은 태양계를 떠날 수 없듯이 나무는 나무의 몸
을 떠날 수 없습니다 새벽달은 새벽을 빠져나갈 수 없
고, 저녁 노을은 저물어가는 하늘의 몸을 빠져나갈 수
없습니다

사람

어머니의 몸에는 새순이 돋아나는 봄 햇살이 살고
있습니다 새순은 나무의 몸속에서 부활하여, 다시 한
그루의 나무가 되어 팔을 벌리고 만물을 축복하는 사
람이 됩니다

등잔

아주 오랜 옛날의 내 몸속에 등잔불을 켭니다 불꽃
은 몸속을 밝히고 몸밖을 향해 육체의 우주를 밝히고
몸밖으로 어둠을 내보냅니다

나무들

숲에 들어서면 나무들의 몸속에서 고동치는 우주 심장의 박동을 듣습니다 나무들은 숲의 우주중앙 통제소입니다 밤늦도록 교신을 왕래하다 잠이 든 나무들

노을

기력을 점점 잃어가는 어머니의 몸속 하늘 몸밖으
로 노을이 지나갑니다

웃음

오랜 병석에 누워계신 어머니는 몸밖으로 햇살이
빠져나가면 잠이 들었다가, 내가 저녁 늦게 문병을 가
면 잠밖을 잠시 빠져나와 웃었습니다

그때 저에게는,

"태양도 작별 인사를 하기 전에 한층 아름답게 보이
지요"

라고 낮게 말하던 히말라야 백록의 사원 수행승의
말이 젖은 노을이 되어 앞을 가렸습니다

神話

그는 땅바닥에 엎드려 있는 풀잎들의 옷자락을 부
드럽게 스치며 우리에게로 다가왔습니다 잠시 말을
멈추고 그가 입고 있던 몸이 우리가 입고 있던 몸이
되었습니다

목소리

빛을 잃었다면 내면으로 들어가라 과거와 과거의
새로운 빛이 말하며 너희에게 발산되어 나올 것이다
길을 잃고 어둠 속 방황하는 양 같은 너희에게 빛이
발하리라

6

돌·1

고향 강가 제방 공사로 파헤쳐진 진흙더미 속 박혀 있던 돌 하나 강물에 씻어 가슴에 품고 왔습니다 그날 밤 꿈속에, 돌은 사람이 되어 사람에게 돌 던지는 사람 되지 말자고 속삭이면서 다짐을 하고는 이제 다시 고향으로 돌아가도 되겠다며, 가슴을 빠져나갔습니다

돌 · 2

굴러다니면서도 생각하고, 모퉁이로 밀려 서서도,
길 한 복판으로 달려가서도, 기죽지 않는 하늘에 떠도
는 점박이별을 바라봅니다

구석

파르테논 신전이 올려다 보이는 기몬 호텔 옥탑 방
구석에 앉아 신전을 바라보다 신전 불빛 서서히 사라
지고 사람들 어느 듯 사라지고, 머나 먼 나라에 있는
어머니, 아내와 딸들, 집, 봄날을 기다리는 나무들, 흐
린 날들 사이로 흘러가는 개울물, 말없이 다가오는 여
름날의 개망초꽃을 생각하다가,

광장에 흘러가는 反戰, 파병반대 시위 물살 흘러가
고, 다시 침잠하는 대낮,

내 안에 나를 부르는,
성당의 종소리를 듣는다

늪

　　어머니에게서 온, 몇 년 만의 편지 속 비뚤비뚤한
글씨, 어릴 때 목욕하던 대나무 숲 속의 늪과 같이 휘
돌아 있습니다 늪 속에서 목욕을 하다가 날이 선 돌
칼에 찔린 발목의 깊은 상처가 아직도 입을 벌리고 있
습니다

　　때로는, 증오에 불타 온 몸이 달아올라 천둥 속에
있을 때, 늪은 몸을 불려 내 몸 가운데로 흘러들어 붉
게 달아오른 머리를 물 속으로 자꾸 쳐박았습니다

　　목에 물이 차올라 숨을 헐떡이며 읽는, 어머니의 비
뚤비뚤한 글씨, 대나무 글씨, 대나무 숲 속 늪은, 제
가슴속 등불을 밝힙니다

夕陽에 듣다

　양재천을 걷다가 들려오는, 낮은 언덕 풀숲 속 새
떼들이 후르룩, 후르룩, 저희 가슴을 비비는 소리, 그
가까이 가랑잎 내려앉는 소리, 썰물 빠지는 소리, 서
해바다 아득한 석양, 멍든 구름 빠져나가는 소리, 석
양 속으로 새 떼 날아오르는 소리, 상처를 씻는 실개
천의 물소리

연못

사람들 가슴 속에는 연못이 있다 저녁이면 아주 오
래된 추억의 물살이 일고, 나뭇잎이 내리고, 바람이
불고, 누구에겐가 한없이 다가가 앉아 있고 싶은, 불
을 켜들고 들어가고 싶은 오래된, 사람들 가슴속 연못

저녁 바람

　　비단에 온몸이 감겨, 가는 곳도 아무도 모르는 멀고
먼 섬, 사라졌다가 다시 나타나는 아주 오래된 여인,
비단 천을 펄럭이며 와서 온몸을 휘감아 천길 바다에
풍덩 빠뜨리는 저녁 바람

그늘

여기저기서 몸을 숨기며 살아왔다 쉽게 한번 뜨거
워졌다가 지나가는, 세상의 뻔질나게 빛나는 얼굴이
싫다

뒷담 낮은 낡은 가슴에 기대어
민들레 풀씨 날아와
새싹을 내고
꽃을 피워서
그리 한평생 살다가는
세상이 되고 싶다

그릇

한때 몸을 숭배했다
살면서 몸으로 모든 생을 바치는데 행복해 했다
한 사람에게도
개나 고양이에게도
시장 속에서도,
온 몸으로 노동에 바치고,
세상지식을 퍼 담는데도
완전한 몸을 완성했다고 만족해 했다

그러나,
생의 모서리가 깨지고,
또 누구에겐가 가서
부딪쳐서
심한 상처를 받기도 하고
가슴에는 어느듯 금이 가고
사랑하는 사람에게도 팽개쳐지고 아,
이제는 오랜 골목 모퉁이에
눈물겨운 햇빛을 가득 담고 엎어져 있다

길

이제
몸속의 해가
나를 비출 필요가 없고,

몸속이 달이
나를 비출 필요가 없어졌다

몸속의
길이 열리고
해가 되고
달이 되었다
(이사야; 60.19)

|해설|

시간의 경계를 넘어가는 나귀의 노래 : 김수복론

__ 한원균(문학평론가·청주과학대학 교수)

시간의 경계를 넘어가는 나귀의 노래

한원균

(문학평론가)

시인에게 시간이란, 자주 반복되거나 회귀하는 대상으로 인식될 때가 많다. 조직화되고 견고하게 짜여진 일상의 그물로부터 삶의 의미를 묻고자 시도하는 시인에게 시간에 대한 성찰은, 그 자체로 전위적이며 전복적 상상력을 동반한다. 현실문제에 대한 직접적 비판이나, 우회적이며 상징적 과정을 통해 '주어진' 삶에 대하여 반성하게 하는 의식과 비실재적인 대상을 향한 그리움을 표출하는 행위는, 이 지점에서 동일한 정신적 열망의 표현으로 볼 수 있다.

다시 말해 경험세계에는 존재하지 않는 대상을 노래하거나, 체험범위를 완전히 벗어나 버려서 박물관에서나 볼 수 있는 자연사물을 제시하는 시인의 행위는 '문제적인 인물'의 길 떠나기와 다를 바 없다. 가령, 속도로 대표되는 자본 지배적 산업사회의 한 중심

가를 느리게 걷는 시인이 있다면, 그는 아마도 생계를
위해 일자리를 찾아가는 중이거나, 아니면 자신의 행
위가 가장 비판적인 의미에서 반문명적이라는 사실을
자각하는 과정일지 모른다.

결국, 자본주의적 조직화가 물 샐틈 없이 전일화되
고 소위 디지털 문명이 고도화될수록 시인의 이와같
은 탈중심적 의식과 상상력은 더욱 중요한 의미망을
형성하게 될 것이다. 욕망을 생산하는 상품의 논리가
자본주의적 소비사회의 중심을 향해 무서운 속도로
돌진하고자 한다면, 문학의 논리, 시의 논리는 좀더
오랫동안 기억되고 질겨서 쉽게 소비되지 않으려는
탈구심적, 원심력을 지향하는 것은 이 때문이다.

시간에 대한 성찰이란, 이와같이 매우 비판적인 태
도일 수밖에 없음에 대해 김수복은 자각적이다. 그의
시에서 보이는 서정적 울림은 그러므로 근원적인 성
격을 지녔다고 판단된다. 파괴적이고 폭력적인 세계
앞에 무기력하게 노출된 삶을 근본적으로 반성하는
방법 가운데 하나는 존재하지 않는 대상을 그리워하
는 일이다. 문학적 상상력의 사회적 의미를 묻는다면
바로 이같은 전위적 꿈꾸기가 가능하다는 사실을 보
여주는 데 있을 것이다. 그가 노래하는 자연과 혹은
현실에서 사라진 대상에 대한 시적 복원이야말로 이
같은 꿈꾸기의 전형이 아닐 수 없다. 그는 쉬지 않고
비실재의 공간을 찾아 나섰고 지금도 그는 그 걸음을
멈추지 않고 있다. 시집『모든 길들은 노래를 부른다』

에 실렸던 한 작품을 보자.

> 무릉역을 지나면 眉川에 닿는다 우리 한평생 넘어 오는
> 가을 등 뒤로 연기를 내뿜는 지친 무릉의 어깨를 지나면 眉
> 川에 닿는다 사람이 내리지 않는 역사 뒤 늙은 공장 연기 사
> 이로 가을은 사라지고 돌아오지 않는 眉川을 따라가면 사람
> 이 내리지 않는 역사를 지나서 眉川은 노을 속으로 갈 길을
> 서두르고 새들은 사라진 가을의 등 뒤를 날아오른다
>
> —「무릉역을 지나며」 전문

그가 찾아나선 무릉역과 미천의 실재성 여부는 중
요하지 않다. 오히려 이들의 비실재성이 그의 시를 풍
요롭게 하는 요소로 작용하기 때문이다. 〈사람이 내
리지 않는 역사〉가 갖는 의미심장함에 이 작품의 핵
심이 놓인다. 이 시는 일종의 풍경화이다. 중요한 것
은 작품의 풍경 속에 사람이 존재하지 않는다는 점이
다. 다만 가을날을 배경으로 낡은 역사의 뒤 편 어디
쯤에서 연기가 피어오르고 황혼을 배경으로 새 한 마
리가 고독하게 날아오를 무렵, 화자는 미천의 끝자락
을 먼 발치에서 지나치며 바라보는 모습이 그려지고
있을 뿐이다. 결국 사람이 내리지 않는 역, 열차가 서
지 않는 낡은 역사를 감싸고 흐르는 미천에 대한 그리
움, 혹은 그곳에 닿아보고 싶은 충동이 이 시를 의미
있게 한다. 그렇다면 궁극적으로 무릉역, 혹은 미천은
인간의 현실적인 삶의 공간 밖에 존재한다는 말인가.

안에 있으면서도 밖에 있는 것, 부재하는 것, 혹은 경계의 저편에 존재하는 대상을 찾아가는 순례가 김수복 시의 의미망을 형성하고 있다.

그것은 좀더 구체적으로 자연의 사물, 혹은 지나가 버린 기억, 역사 속으로 지워진 흔적, 흘러가 버린 청춘의 시간 등으로 변주된다. '사라지거나' 혹은 '살아진' 아름다움(김수이)은 고통의 흔적으로부터 귀납된 결정(結晶)이다.

옥탑방으로 이사 온 후 며칠 동안 밖을 나가지 않았습니다 빗소리가 가슴을 두드리고 가끔 새들이 먼 소식을 던져 놓고 건너갑니다 지상으로 내려가는 길은 너무 멀고 계단은 하늘 가까이로만 뻗어 있습니다

며칠 쉬다보면, 능소화 몇 송이도 질 것이고 구름 속의 폐렴도 화염을 식히며 지나갈 것이고 멀리 서 있는 상처의 노을도 서산을 넘어갈 것입니다

모두 돌려서 내려보내고 홀로 맨발을 씻고 문을 닫고 몇 층의 슬픔을 오르내리며 개울물 소리도 듣고 나뭇잎 스치는 소리도, 멀리서 울리는 천둥소리도, 쫓기던 소나기 발자국도 듣고 한 며칠 쉬고 싶습니다

을지로 5가 방산 시장 골목 안 은하장 여관 옥탑방에서 보낸 그 해 겨울의 빈 의자와 쓸쓸한 전화 몇 통, 밖으로 나돌 수 없었던 침묵 속의 미로들, 출구를 봉쇄당한 슬픔, 자꾸만 내려가고 싶었던 뜨거운 계단, 돌을 던지고 싶었던, 그러나

가 닿지 않았던 막막한 공중, 창문을 열 수 없었던, 아니 창
문이 없었던, 그림자도 지우고 숨어 있었던, 아니 뜨거운 그
림자를 가슴에 품고 거리를 뛰었던, 사랑하는 사람을 사랑
한고 말할 수 없었던, 모른다 모른다 모른다라고만 말했던,
그러나, 밤마다 은하수 흐르는 옥상에서 하늘을 우러러보았
던, 은하장 여관 옥탑방,

  옥탑방으로 이사 온 후 며칠 동안 앓았습니다 빗소리가
가슴을 두드리고 지나가고 새들이 그 동안 잊고 있었던 먼
소식을 던져놓고 하늘을 건너갑니다 밖에는 갓 피어난 능소
화들이 낡은 계단을 타고 올라옵니다

—「옥탑방」 전문

  이 작품에서 나타나는 유폐적 자의식은 구체적 경
험에 대한 반향이기도 하지만, 현재 그의 시세계를 특
징짓는 중요한 동기를 내포한다. 즉, 부재와 비실재
성, 침묵과 소통불가능성을 적극적으로 의미화하려는
의지의 표현이 그것이다.
  그렇다면 김수복이 과거의 기억을 재생하고, '지
금─여기'에 부재하는 사물과 공간을 노래하는 행위
는 어떤 시적인 의미를 산출할 수 있을까. 그것은 시
원(*Anfang*)에 대한 그리움, 혹은 소멸된 시간에 대한
추억을 통해 견고한 수행원칙이 지배하는 현재성에
대한 비판적 의미를 획득하고자 하는 시적 의지로 보
인다. 가령,

가슴 속 깊은 하늘 가운데, 새가 깃을 칠 때마다 숲이 흔
들리고 저녁하늘에 가을 별이 하나 늦게 뜹니다

—「가을산 2」 전문

와 같은 작품이 가져오는 비의적 풍경 속에 김수복 시
의 알맹이가 놓인다고 볼 수 있다. 즉 〈가슴 속 깊은
하늘〉이란 표현은 '자기 참조적*self referential* 세계
인식의 단면을 드러낸 진술로 읽힌다. 대상을 향하면
서도 궁극적으로 자신을 노래하는 시의 일반원리가
김수복의 시에서 매우 극명하게 나타난다.

내 몸에는
寺院이 있다

막 어둠이 걷히는
몸속
오랫동안
비워있던
寺院이 있다

오래된 문을
밀고 들어서면
낡은 문 앞에 누워있던
길, 일어서는 소리,

무거운 짐
땅 위에 내려놓고
다시 새순의 등불
가슴에 켜드는 나무들,

오랜 잠에서 깨어나
다시 나는
새들,

내 몸에서
다시 울리는
새벽 종소리의
寺院이 있다

—「사원」 전문

　'몸속의 사원'이 내포하는 초월지향적 의식은 먼저, 자기 탐구적인 태도에서 비롯된다. 그것은 다름아닌 자신의 내면을 응시하는 자세와 '경계 밖'의 세계에 대한 동경을 함께 포회하려는 의도이다. 〈막 어둠이 걷히는 몸속〉과 실제로 그가 여행 길에서 만나게 되는 오래된 사원들은 같은 비중으로 시화된다. '몸으로부터 열리는 세계'와 '세계로부터 열리는 몸'은 동궤에 놓인다. 즉자적 상태에서 몸이란, 육체적 현존 그 자체를 의미하지만, 항상 타자와 관계하는 존재이며, 타자를 통해서만 그 '몸'의 현존성을 인정받는 존재이기도 하다. 그러므로 그에게 몸이란, 육체적 실존성에 대한 인식의 도구이면서 '자기자신'이라는 타자성을 드러내는 매체이기도 하다. 〈오래된 문〉과 〈길〉혹은 〈일어서는 소리〉는 몸과 길이 하나라는 것, 내면적 자기응시와 길가기를 통한 세계이해로부터 그의 시가 직조되고 있음에 대한 자각적 표현이다. 여행하기를 통해서 〈내 몸에서/다시 울리는/새벽 종소리〉를 듣는 일이 그의 시간과 공간을 형성하고 있다. 그래서 그는 〈널려있는 길을 통과했을 때 몸에는 새벽빛이 빛났다〉(「몸의 새벽」)라고 말할 수 있는 것이다. 지속적으로 사물(풍경)과 상응하는 내면에 대한 발견, 이것이 김수복 시의 패러다임이다.

　　사원의 서쪽으로 가면 침묵의 사원이 있습니다 흰 대리석으로 세워진 사원, 부서져도 스스로 몸을 일으켜 치유하는 사원이 있습니다 세상의 모든 나무와 꽃들, 바람들이 들어왔다가 완전한 나무와 꽃들과 바람들로 완성되는 침묵의 사원이 있습니다 내 안의 나를 버리고 폭풍 속에서도 나를 완전하게 하는 침묵이 있습니다 문을 열지 않아도 문이 열리고 천리 밖에서 제 몸을 씻는 강물소리도 되고 몸속을 빠져나가는 西風이 부는 침묵의 사원이 있습니다

ー「침묵의 寺院」 전문

〈나를 버리고〉 동시에 〈나를 완전하게 하는 침묵〉에

도달하려는 구도적 시쓰기에 다가서려는 노력은 '지금—여기'라는 현존성에 대한 일정한 '이해'를 동반하지 않을 수 없다. 다시말해, 왜 '부재하는 것'과 '경계 너머의 것'에 대해 노래해야 하는가의 문제를 유발한다는 것이다. '울타리 밖'을 넘어설 수 없는 존재들, 지속적으로 주어진 현재성에 묶여 살아갈 수밖에 없는 삶, 뚜렷한 전망이나 아름다움이 당장 주어질 수 없다는 우울한 세계인식 등이 복합적으로 작용한 결과라고 판단된다.

시가 소비사회의 대중적 욕망을 어떻게 그려내는가 하는 문제에 최근 시인들은 자각적이지 못한 듯하다. 가장 내면적이고 사소해 보이는 삶의 문제에 시선을 돌리고 소외된 타자들의 존재에 관심을 갖는 일은 무엇보다도 중요하지만, 그것이 하나의 사회적 담론, 성찰적 시론으로 이어지기 위해서는 좀더 섬세한 반성이 요구된다. 김수복의 시는 '어떤' 시간의 경계 위에 놓인다고 볼 수 있다. 체험의 범주에서 사라진 자연 대상을 노래하거나, 낯선 세계의 사물들을 묘사하면서, 혹은 고통스러운 과거의 기억을 추억하면서 김수복은 매우 조용하고 낮은 음성으로 현존성에 대한 면밀한 사유를 진행하고 있다. 이는 오늘의 시에 결핍된 하나의 요소, 철학적 반성으로서의 담론형성에 기여하고 있다고 생각된다. 그는 천천히 걸으면서 사유하고, 시간의 저 편에 대하여 노래한다. 그의 이런 모습이 유달리 주목되는 이유가 여기있다. 이런 구절에 자주 시선이 머무는 이유는 무엇일까.

　寺院은 촛불 켜들고 올라오는 나귀 한 마리 기다리고 있
습니다.

―「나귀」, 부분

그가 나귀를 닮아가고 있기 때문일까.